VENTE
Du Mercredi 19 Mai 1909
HOTEL DROUOT, SALLE Nº 10
à deux heures

Tableaux Anciens

MEUBLES ET OBJETS D'ART

Mᵉ DUBOURG
COMMISSAIRE-PRISEUR

M. GEORGES SORTAIS
PEINTRE-EXPERT

MM. DUCHESNE & DUPLAN
EXPERTS

EN L'ÉTAT DE H. STETTINER

VENTE
Du Mercredi 19 Mai 1909
HOTEL DROUOT, SALLE Nº 10

CATALOGUE

DES

Tableaux Anciens

Par ou attribués à :

SIR BEECHEY, BERCHEM, A. BOSSE, BREUGHEL, A. CUYP, CUYLENBOURG,
J. DAVID, J. VAN GOYEN, GRIMOUX, Mᵐᵉ LABILLE-GUIARD,
F. LEMOYNE, MIGNARD, MOLENAER, P. NEEF, VAN OSTADE, J. RUYSDAEL,
SANTERRE, TOURNIÈRES, VLIEGER, ETC., ETC.

Gravures en couleurs

MEUBLES

OBJETS D'ART — PORCELAINES

ÉTOFFES ET BRODERIES ANCIENNES

Dont la vente aux enchères publiques, aura lieu

HOTEL DROUOT, SALLE Nᵒ 10

LE MERCREDI 19 MAI 1909

à deux heures précises

COMMISSAIRE-PRISEUR : **Mᵉ DUBOURG**

11, rue Sainte-Anne

M. GEORGES SORTAIS
PEINTRE-EXPERT
PRÈS LE TRIBUNAL CIVIL DE LA SEINE
11, rue Scribe

MM. DUCHESNE & DUPLAN
EXPERTS
10, rue Rossini
PARIS

EXPOSITION PUBLIQUE

Le Mardi 18 Mai 1909, de 2 heures à 5 heures 1/2

CONDITIONS DE LA VENTE

Elle sera faite *au comptant*.

Les adjudicataires paieront *dix pour cent* en sus du prix des enchères.

Il ne sera admis aucune réclamation une fois l'adjudication prononcée.

Paris. — Imprimerie de l'Art, Ch. Berger, 41, rue de la Victoire.

DÉSIGNATION

TABLEAUX

BEECHEY (Sir)
Bedford, 1753-1815

1 — *Portrait de Femme*.

Elle est presque de face, la tête à gauche, les cheveux blonds tombant en boucles sur les épaules, et coiffée d'un bonnet blanc orné d'un ruban dentelé en soie rose. Elle est vêtue d'une robe décolletée serrée au haut de la taille par un ruban de soie rose. Elle se détache sur un fond de paysage au soleil couchant.

Toile. Haut., 75 cent.; larg., 63 cent.

BERCHEM (Nicolas)
1620-1683

2 — *Le Retour du marché*.

A droite, par le chemin qui traverse le bois, sous une voûte d'ombre, la paysanne et le paysan reviennent, accompagnés de bêtes, ânes, vaches, chiens, bœufs, moutons, etc. Au milieu, de grands arbres balancent sous le ciel lourd et chaud leurs frondaisons dorées par l'automne. A gauche, en aperçoit la campagne qui se relève à l'horizon en une colline. Dans le ciel, s'envolent des nuées blanches.

Signé à droite en bas : *Berghem*.

Toile. Haut., 1 m. 10 cent.; larg., 1 m. 40 cent.

BERCHEM (Nicolas)
1620-1683

3 — *Bœufs et moutons dans un pâturage.*

Dans une campagne accidentée et plantée de beaux arbres, le berger, appuyé contre une barrière, laisse ses bêtes paître ou se reposer. Ici et là des moutons sont couchés. Au milieu, un bœuf blanc, en un geste d'une audacieuse vérité, porte son sabot d'arrière à son mufle brun. Dans le ciel bleu s'envolent des nuages gris.

Signé à gauche en bas.

Toile. Haut., 40 cent.; larg., 45 cent.

BOSSE (Abraham)
1610-1678

4 — *Fruits.*

Sur une console de bois, le peintre a placé, entre un pichet de grès et un calice de bronze ciselé et cristal, un plat chargé de fruits, poires et raisins. Au bord de la table, il y a une moitié de citron, une grenade ouverte, des prunes, des cerises, etc.

Signé à gauche en bas : *A. B.*

Panneau. Haut., 42 cent.; larg., 60 cent.

BOURGUIGNON

5 — *Combats de cavaliers.*

Deux pendants.
Toiles de forme ovale.

Haut., 15 cent.; larg., 20 cent.

BREENBERGH (Barthelemy)
1599-1659

6 — *Pâturage près de ruines.*

Panneau. Haut., 37 cent.; larg., 48 cent.

BREUGHEL (Jean dit de Velours)
1568-1625

FRANCK (François, dit le Jeune
1581-1642

KESSEL (Govert Van)

7 — *Apollon et les Muses.*

Au pied d'un chêne, Apollon est assis et joue de la viole d'amour, tandis qu'autour de lui, mais plus bas, les muses l'écoutent. Derrière le groupe du milieu, on aperçoit à gauche un paysage, où quelques nymphes s'ébattent, et à droite, un bois où sont arrêtés un cerf et une biche. Les figures sont de Franck, les animaux de Kessel, le paysage de Breughel.

Panneau. Haut., 70 cent.; larg., 1 m. 12 cent.

BREUGHEL (de Velours)
et
ROTTENHAMMER (Jean)

8 — *Diane et Actéon.*

Tandis que ses compagnes se baignent, Diane s'efforce de dérober sa beauté chaste aux regards indiscrets d'Actéon, qu'elle châtie d'ailleurs sur l'heure.

Cuivre. Haut., 22 cent.; larg., 30 cent.

BROWNE (J.-Louis)

9 — *Vénus et l'Amour.*

L'enfant presse sur ses lèvres sa mère aux formes opulentes.

Derrière on lit : *Louis Browne, f. 1752, à Mlle Ma-thilde Marquet.*

Toile. Haut., 21 cent.; larg., 18 cent.

CUYP (Albert)
1620-1691

10 — *Les Contrebandiers.*

Au bord de la mer, dans une anse abritée, ils sont tous deux arrêtés près de leurs balles de marchandises, caisses et tonneaux, et causent. A quelques pas, un âne, chargé de son bât, se désaltère.

Signé en bas, vers la droite : *A. Cuyp.*

Panneau. Haut., 26 cent.; larg., 33 cent.

CUYP (École d'Albert)

11 — *Marine.*

Par un temps de bonne brise, une flottille prend le large.

Bois. Haut., 50 cent.; larg., 77 cent.

Cadre Louis XVI en bois sculpté et doré.

CUYLENBOURG (Abraham Van)

Vers 1639

12 — *Saint Mathieu.* *mauvais*

L'ascète est en prière, et voici que le ciel de sa grotte s'entr'ouvre, et un ange escorté de chérubins, et porté sur des nues, lui tend une trompette, symbole de sa voix qui clamera l'Evangile de Jésus. Près de lui, l'évangéliste a une tête de mort, des livres et un in-folio ouvert. Au fond, à gauche, se détachant sur le ciel, on aperçoit la cloche d'un monastère.

Panneau. Haut., 31 cent.; larg., 24 cent.

DAVID (Jacques-Louis)

1748-1825

13 — *Portrait de Femme.*

Presque de face, et vue jusqu'à mi-corps, elle est vêtue d'un costume de velours noir, garni de dentelles blanches. Elle a le visage souriant, encadré de ses cheveux noirs, coiffée d'une fanchon de dentelles agrémentée de fleurs.

Signé à gauche en bas : *L. David, 1822.*

DELEN (Dirck Van)

1695-1671

ET

STEVENS (Palaméde)

14 — *Le Portique.*

A droite, la porte monumentale d'un palais. Au milieu, un portique, à colonnade, qui s'ouvre sur une allée, bordée d'arbres. A gauche, au fond, un château. Divers personnages en costume Louis XV se promènent ou se reposent, assis. Tout ce décor est illuminé de lumière blanche, sous un ciel bleu tendre.

Panneau. Haut., 46 cent.; larg., 58 cent.

VAN DER DOES (Jacques le jeune)
1654-1694

15 — *Vaches et Moutons au pâturage.*

Panneau. Haut., 23 cent.; larg., 25 cent.

DOU (École de Gérard)
1613-1675

16 — *La Femme au perroquet.*

Penchée à sa fenêtre, une jeune chambrière joue avec son perroquet qu'elle porte sur sa main droite, le bras levé. De la main gauche, elle s'appuie sur la cage. Sur le bord de la fenêtre, il y a une aiguière de métal, un pichet d'étain renversé, et un tapis vert à fleurs et branches brodées. Au fond, on aperçoit une dentelière assise près d'une fenêtre dont le châssis est ouvert.

Signé en bas, vers la droite : *G. D.*

Panneau. Haut., 44 cent.; larg., 32 cent.

DROOGSLOOT (Joseph-Corneille)
1624 ?

17 — *Un Jour de Kermesse.*

Sur le pré ensoleillé, devant les auberges pleines, les gens par groupes s'ébattent en joie ; des enfants courent; des vieillards causent; il y a même dans le fond quelques querelleurs qu'on s'efforce de séparer. Les arbres ont de belles frondaisons mordorées, et dans le ciel bleu s'envolent de grands nuages bleus.

Panneau. Haut., 35 cent.; larg., 50 cent.

ÉCOLE ALLEMANDE (XVIᵉ siècle)

18 — *Portrait d'un Seigneur et de son fils.*

Il est représenté debout de trois quarts vers la droite, la tête nue, une large barbe grisonnante taillée en éventail encadre sa figure. Il est vêtu d'un costume noir et d'un manteau garni de fourrure brune. Près de lui, debout, son fils tient de la main droite un missel à fermoir d'or.

Toile. Haut., 2 m. 10 cent.; larg., 1 m. 5 cent.

ÉCOLE ALLEMANDE (XVIᵉ siècle)

19 — *Portrait de Femme et de sa fille.*

Debout, légèrement tournée vers la gauche, coiffée d'un bonnet de velours noir, collettée d'une fraise de lingerie, ornée de fine dentelle. Elle est vêtue d'une robe lie de vin survêtue d'un justaucorps de velours noir. A ses pieds, sa fille debout en costume noir et jupe de broderie jaune et rouge.

On lit dans le haut à gauche : *Ætatis SV.E, 23 Anno 1594.*

Pendant du précédent.

Haut., 2 m. 10 cent.; larg., 1 m. 5 cent.

ÉCOLE ~~BOLONAISE~~ HOLLANDAISE

20 — *La Statue de Fleuve, au bord de la source.*

Toile de forme ronde marouflée sur carton.

Haut., 21 cent.; larg., 21 cent.

ÉCOLE ESPAGNOLE (XVIe siècle)

21 — *Quatre attributs d'armoiries.*

Gouaches.

Haut., 16 cent.; larg., 50 cent.

ÉCOLE FLAMANDE (XVIe siècle)

22 — *Saint Jean debout, derrière un donateur en adoration.*

Volet de gauche d'un triptyque.

Panneau. Haut., 50 cent.; larg., 29 cent.

ÉCOLE FLAMANDE (XVIe siècle)

23 — *Chasseur à l'affût.*

Panneau. Haut., 19 cent.; larg, 17 cent.

ÉCOLE FLAMANDE (XVIe siècle)

24 — *Portrait d'une Religieuse.*

Vue jusqu'à mi-corps, de trois quarts à gauche, les mains jointes, le visage grave et d'un ton chaud dans la blancheur de la guimpe et de la cornette. Près d'elle, sur un autel que domine un crucifix, se trouvent une tête de mort et un missel ouvert. A gauche, en haut, en forme d'armoirie, se trouve un écu portant les trois clous de la croix, dans une couronne d'épines.

Du même côté, on lit : *A° 1621.*

Panneau. Haut., 45 cent.; larg., 33 cent.

ÉCOLE FRANÇAISE (xviiie siècle)

40

25 — *L'Oiseau en danger*.

210

> Panneau. Haut., 25 cent.; larg., 19 cent.

ÉCOLE FRANÇAISE *Deb. xixe s.*

26 — *Le Temps entraînant l'Amour*.

Dans un paysage de la campagne romaine, le Temps entraîne l'Ophélie aux formes graciles et aux ailes blanches.

45

> Toile. Haut., 25 cent. 1/2; larg., 19 cent.

ÉCOLE FRANÇAISE (xviiie siècle)

27 — *La Marchande de gibier*.

220

Derrière un entablement de pierre où sont étalées plusieurs pièces de gibier, la jeune marchande est debout, coiffée d'un chapeau de paille orné d'un ruban rose. Elle tient de la main gauche un jeune lapin qu'elle semble offrir à quelque client. Au fond, une draperie.

> Toile. Haut., 1 m. 12 cent.; larg., 95 cent.

attr. à G. Michel

ÉCOLE FRANÇAISE (1830)

28 — *Les Chênes au bord d'une mare. Effet d'orage*.

47

> Panneau. Haut., 17 cent.; larg., 20 cent.

ÉCOLE FRANÇAISE (xixe siècle)

29 — *Bambins dansant autour d'un feu de joie*.

> Panneau. Haut., 15 cent. 1/2; larg., 21 cent.

ÉCOLE FRANÇAISE (xviiie siècle)

30 — *Intérieur*.

Dans un salon donnant sur un parc, des personnages
causent ; au centre, un jeune homme, une corbeille de
fruits à la main, sert une dame assise.

Toile. Haut., 43 cent.; larg., 54 cent

Cadre Louis XVI en bois sculpté et doré.

ÉCOLE FRANÇAISE

31 — *Le Moulin*.

Près d'un cours d'eau, deux paysans causent sur le
bord de la route ; à gauche, le moulin relié à la terre
par un pont.

Toile. Haut., 37 cent.; larg., 45 cent.

Cadre Louis XVI en bois sculpté et doré.

ÉCOLE FRANÇAISE (xviie siècle)

32 — *L'Adoration des Mages*.

Toile. Haut., 38 cent., larg., 43 cent.

ÉCOLE FRANÇAISE (xviie siècle)

33 — *Sainte Magdeleine en prière*.

Panneau de cuivre de forme ovale. Haut., 9 cent.; larg., 7 cent.

ÉCOLE FRANÇAISE (xviie siècle)

34 — *L'Homme à la cravate bleue*.

Panneau de cuivre de forme ovale. Haut., 8 cent.; larg., 6 cent.

ÉCOLE FRANÇAISE (xviie siècle)

35 — *Portrait de Femme.*

Panneau de cuivre de forme ovale. Haut., 9 cent.; larg., 7 cent.

ÉCOLE FRANÇAISE (xviie siècle)

36 — *L'Homme au feutre noir.*

Panneau de cuivre de forme ovale. Haut., 9 cent.; larg., 7 cent.

ÉCOLE FRANÇAISE (xixe siècle)

37 — *Le Château fort.*

Panneau. Haut., 13 cent.; larg., 19 cent.

ÉCOLE FRANÇAISE (xixe siècle)

38 — *Tartane au large. Soleil couchant.*

Soleil couchant.

Toile de forme ovale. Haut., 9 cent.; larg., 11 cent.

39 — *Départ pour la pêche.*

Toile de forme ovale. Haut., 9 cent.; larg., 11 cent.

ÉCOLE FRANÇAISE (xixe siècle)

40 — *Le Retour du Marché.*

Toile de forme ovale. Haut., 9 cent.; larg., 11 cent.

41 — *L'Orage.*

Toile de forme ovale. Haut., 9 cent.; larg., 11 cent.

ÉCOLE FRANÇAISE (XVIIIᵉ siècle)

42 — *Portrait d'un Artiste.*

Il est vu jusqu'à mi-corps, en habit marron et manteau rouge, et coiffé de la grande perruque. De la main droite, un porte-crayon serré entre le pouce et l'index, il retient un carton à dessin.

Toile de forme ovale. Haut., 29 cent.; larg., 22 cent.

ÉCOLE FRANÇAISE

43 — *Vaches paissant dans la montagne.*

Gouache. Haut., 18 cent.; larg., 26 cent.

ÉCOLE ITALIENNE (XVIIIᵉ siècle)

44 — *Le Portique en ruine.*

A gauche, au milieu de la campagne, le portique dresse sa ruine majestueuse. A droite, de l'autre côté d'une rivière, on aperçoit un moulin à eau. Ciel clair, sur l'écran duquel se balancent les frondaisons épaisses d'un massif d'arbres.

Toile. Haut., 58 cent.; larg., 92 cent.

ÉCOLE ITALIENNE (XVIᵉ siècle)

45 — *Annonciation.*

Panneau. Haut., 48 cent.; larg., 62 cent.

ÉCOLE ITALIENNE

46 — *L'Homme au turban.*

Étude de profil à droite.

Toile. Haut., 58 cent.; larg., 45 cent.

ÉCOLE ITALIENNE (XVIIIᵉ siècle)

17 — *Étude d'Homme en turban.*

> Panneau de cuivre. Haut., 23 cent.; larg., 17 cent.

ÉCOLE ITALIENNE

48 — *Vierge et Enfant Jésus.*

> Panneau de forme cintrée. Haut., 1 mètre; larg., 00 cent.

49 — *Ménagère nettoyant un pot en barbotine à fleurs bleues.*

> Signé à droite, en haut : *L' 82.*
>
> Aquarelle. Haut., 23 cent.; larg., 18 cent.

FRAGONARD (D'après HONORÉ)

50 — *Étude de Femme nue et couchée, pour une Danaé.*

> Toile. Haut., 32 cent.; larg., 40 cent 1/2.

GOYEN (École de JAN VAN)
1596-1656

51 — *Sur la Plage, à marée basse.*

> Signé à droite en bas : *VG pinx.*
>
> Panneau. Haut., 24 cent.; larg., 32 cent.

GRAAT (BERNARD)

1628-1709

52 — *La Chanson galante*.

> Panneau. Haut., 20 cent.; larg., 26 cent.

GREUZE (D'après JEAN-BAPTISTE)

53 — *Portrait de M^{de} de Porcin. La jeune fille au petit chien*.

> Elle est debout, presque de face, vêtue de blanc, les épaules découvertes. Les cheveux sont relevés et retenus par un ruban bleu foncé où sont piquées des pervenches. Elle porte sur son bras gauche un petit chien, au poil brun et à la mine importante, et tient au-dessus de sa tête une guirlande de fleurs, ce dont le toutou gâté a l'air d'être fier.
>
> Copie ancienne.

> Toile de forme ovale. Haut., 80 cent.; larg., 64 cent.

GRIMOUX (ALEXIS)

54 — *Portrait de l'Artiste*.

> Vu jusqu'à mi-corps, presque de dos, la tête tournée vers l'épaule droite, le teint vif, l'œil brillant, les cheveux bruns avec des reflets roux. Il est vêtu d'un pourpoint noir tailladé à dessous blanc.
>
> Signé en toutes lettres et daté : *1720*.

> Toile. Haut., 66 cent.; larg., 54 cent.

GRYFF

55 — *Le Chasseur au repos*.

> Panneau. Haut., 17 cent.; larg., 17 cent.

HARRAU

56 — *Pêcheurs au clair de lune.*

Signé à droite en bas.

Carton. Haut., 15 cent.; larg., 19 cent.

HARRAU

57 — *Lever de lune sur l'Escaut.*

Signé à gauche en bas.

Carton. Haut., 14 cent.; larg., 17 cent.

HÉMON

58 — *Le Chemin à l'orée du bois.*

Panneau. Haut., 19 cent.; larg., 23 cent.

HONDT (L. DE)

(XVIIIᵉ siècle)

59 — *Combat de cavalerie.*

Signé en bas à gauche : *L. D. Hondt.*

Cuivre. Haut., 20 cent.; larg., 30 cent.

HICKEY (T.)

60 — *Portrait d'Homme assis.*

Signé à gauche en bas : *T. Hickey. 1782.*

Toile de forme ovale. Haut., 26 cent.; larg., 20 cent.

HOREMANS (PIERRE-JACQUES)

1700-1776

61 — *Le Concert dans le parc.*

Toile. Haut., 54 cent.; larg., 57 cent.

HUYSMANS (JACQUES-CHARLES)

Breda, 1777-1859

62 — *Paysan dans la campagne.*

Au milieu du chemin, creusé entre les roches et abrité par de grands arbres, les paysans, hommes et femmes, sont arrêtés et causent, tandis que vers eux une femme s'avance, poussant devant elle une vache. Au fond, plus loin qu'un cours d'eau, on aperçoit une plaine vallonneuse, sous un ciel bleu où s'envolent des nuées blanches.

Toile. Haut., 29 cent.; larg., 40 cent.

LABILLE-GUIARD (Attribué à Mme)

63 — *Portrait de Femme et Enfant.*

Jeune, d'une beauté plantureuse et souriante, la jeune femme est assise, presque de face, en corsage amplement décolleté ; une gaze jaune flotte derrière ses épaules et se pose en écharpe sur ses bras. Sur ses genoux, elle porte un enfant nu, qu'elle semble retenir avec une guirlande de rose. Une draperie grise pose à gros plis sur ses jambes. Dans ses cheveux poudrés, la coquette personne a piqué un bouquet de fleurs.

Toile. Haut., 1 m. 30 cent.; larg., 97 cent.

LEMOYNE (École de FRANÇOIS)

64 — *Vénus endormie.*

Tandis qu'elle dort, l'Amour espiègle écarte de sa beauté nue les voiles qui la couvraient, à la grande joie d'un faune qui s'avance, curieux, et l'admire.

Toile maroufiée sur panneau de forme ovale.

Haut., 22 cent.; larg., 25 cent.

LEMOYNE (FRANÇOIS)

65 — *Une Nichée d'Amours.*

Panneau. Haut., 17 cent.; larg., 15 cent.

MANS (François)

xviiᵉ siècle

66 — *Un Jour de Kermesse.*

300

Toutes les auberges sont en fête ; sur la rivière, ce
ne sont que barques chargées de gens qui se hâtent
vers les beuveries, ou qui en reviennent ; et sur le bord,
sous les auvents, c'est la foule heureuse et bruyante.
Au fond, à gauche, on aperçoit, au large, toute une
flottille de barques, sous un ciel radieux de lumière.
Signé du monogramme, vers la gauche, en bas.

Toile. Haut., 36 cent.; larg., 48 cent.

MANS

67 — *L'Hiver, au bord de la rivière.*

100

Toile. Haut., 38 cent.; larg., 46 cent.

MEYER

68 — *La Main chaude.*

165

Signé à droite, en bas : *Meyer.*

Gouache. Haut., 14 cent. 1/2; larg., 22 cent.

MIÉRIS (D'après Guill. Van)

1662-1747

69 — *La Perruche.*   *Bonne copie*

87

S de Ricci

La ménagère, jeune, aux joues roses, aux cheveux
blonds, a prétexté de sa perruche qu'elle va réintégrer
dans sa cage pour se montrer à sa fenêtre, où elle
apparaît dans un clair rayon de soleil. De la main
droite, elle retient la cage au bord de la fenêtre ; de la
main gauche, elle porte l'oiseau, aux ailes vertes
tachetées de rouge.

Panneau. Haut., 24 cent.; larg., 17 cent.

MIÉRIS (D'après)

70 — *La Sonate.*

100

Panneau. Haut., 41 cent.; larg., 35 cent.

MIGNARD (Nicolas)

Avignon

71 — *Portrait d'une Princesse.*

150

Toile de forme ovale. Haut., 1 mètre; larg., 82 cent.
Cadre en bois sculpté.

MOLENAER (Jean)

1600-1685

authentique

72 — *Une Bonne Plaisanterie.*

78

Signé sur le bandeau de la table : *Molenaer*.

Panneau. Haut., 21 cent. 1/2; larg., 16 cent.

revendu à Hériot en 1924

MOLENAER (Jean)

1600-1685

73 — *Le Rebouteur.*

425

Le jeune gars s'est blessé, il a le pied ouvert; on a
appelé le rebouteux, et le voici qui opère. Le patient
hurle, sa mère le soutient, son jeune frère hurle par
sympathie; au fond, un enfant pleure, et les voisins,
attirés par tant de cris, viennent mêler leurs clameurs à
cette symphonie, tandis que des gens d'âge assistent,
plus calmes, à l'épreuve.

Panneau. Haut., 63 cent.; larg., 52 cent.

NEEFS (Peter, le jeune)

1623-1690

74 — *Intérieur d'une cathédrale.*

Les grandes nefs, aux arcs romains, s'étendent en perspectives claires, dans la lumière tamisée par les verrières. Près d'un autel, les fidèles sont agenouillés autour de l'officiant. D'autres personnages se penchent et causent sur le carrelage en damier.

Les figures sont de *Franck*.

Panneau. Haut., 65 cent.; larg., 77 cent.

OSTADE (Genre d'Adriaen Van)

1610-1685

75 — *La Lecture de la Gazette ou les Harangueurs.*

C'est le soir; à la fenêtre principale, les paysans donnent au public la lecture à haute voix de la *Gazette*. Un homme en bonnet éclaire le lecteur à l'aide d'une chandelle qu'il tient de la main gauche, la main droite placée en réflecteur. Derrière eux, on aperçoit d'autres personnages.

Panneau. Haut., 31 cent.: larg.. 23 cent.

PÉRUGIN (Genre de)

76 — *Tête de vierge.*

Panneau de cuivre, arrondi aux extrémités.

Haut., 28 cent.; larg , 17 cent.

PŒLEMBURG (C.)

1586-1667

77 — *Le Bain de Diane.*

> Dans la grotte, aux arcades ouvertes sur un paysage de lumière, la déesse en compagnie de ses compagnes vient de se baigner. Près de l'endroit où elle est assise, en sa nudité vibrante, elle a déposé ses instruments de chasse.
>
> Signé en bas, vers le milieu : *N. Pœlenberch.*
>
> Panneau. Haut., 57 cent.; larg., 87 cent.

PRUD'HON (École de)

78 — *Portrait d'Homme. Portrait présumé de Prud'hon ?*

> Vu jusqu'à mi-corps, le torse de profil à gauche, la tête tournée de trois quarts. Il est vêtu d'un habit vert foncé, sur lequel passe le col empesé de la chemise empesé à jabot. A la boutonnière, il porte le large ruban d'un ordre. Le visage est rasé, les traits sont accentués, les yeux bleus ; les cheveux, qui bouclent naturellement, sont coiffés en coup de vent.
>
> Toile. Haut., 60 cent.; larg., 50 cent.

PRUD'HON (D'après)

79 — *Suzanne entre les deux vieillards.*

> Toile. Haut., 25 cent.; larg., 19 cent

REMBRANDT (École de)

80 — *Le Petit Philosophe.*

> Panneau. Haut., 17 cent.; larg., 14 cent.

RUBENS (D'après P.-P.)

81 — *Tentation de Saint-Antoine.*

Celui-ci ne se défend guère, et s'il n'est pas encore
tenté, il est furieusement curieux. A pas de loup, il
s'est glissé jusqu'à la belle endormie, et d'une main
qui tremble, il a déjà amplement écarté les voiles qui
lui dérobaient le spectacle de la beauté nue. Mais la
belle se garde bien d'ouvrir les paupières ; elle sourit
simplement, comme en un rêve, à la grimace du vieillard lascif.

Toile. Haut., 34 cent. ; larg., 61 cent.

RUYSDAEL (Salomon Van)

1635-1681

82 — *Les Pêcheurs à la ligne.*

Tous deux se sont installés à un tournant de la
rivière, à gauche, et ils pêchent, tranquilles, tandis
qu'un vieillard debout les regarde faire. A droite, dans
un fouillis de frondaisons, on voit la ferme, avec son
pigeonnier rustique. Dans le ciel passent des nuées
grises.

Signé à gauche, en bas et daté.

Panneau. Haut., 38 cent. ; larg., 56 cent.

RUYSDAEL (École de Jacques)

83 — *La Cascade.*

Au milieu, escaladant des roches, l'eau tombe en
nappes, brodées d'écume. A gauche, un arbre dresse
vers le ciel ennuagé ses branches où pendent encore
des touffes de feuilles roussies. A droite, au fond, une
montagne boisée.

Toile. Haut., 1 m. 10 cent. ; larg., 90 cent.

RUYSDAEL (École de Jacques)

84 — *Marine.*

500

Au premier plan à gauche, une goélette lutte contre la fureur des flots. Plus loin, d'autres bateaux dans la même situation.

Bois. Haut., 1 m. 6 cent.; larg., 1 m. 40 cent.

SANTERRE (Jean-Baptiste)
1658-1717

85 — *Portrait de Femme.*

120

Toile. Haut., 73 cent.; larg., 60 cent.

SCHENEAU (Jean-Eléazar)
1745-1807

86 — *Le Coq.* *abimé*

350

Les fermiers tiennent un coq, qui se défend, tandis qu'on veut lui couper des ergots, dont il meurtrissait sans doute les bêtes de la basse-cour. Et voici, qu'autour du billot qui sert de table d'opération, les gallinacés, les palmés et même le chien, poussent des cris. Au fond, dans une pièce voisine, on aperçoit une vieille dame en train de filer sa quenouille.

Toile. Haut., 46 cent.; larg., 55 cent.

SCHUTZ

87 — *Les Bergers galants.*

130

Toile. Haut., 52 cent.; larg., 71 cent.

SIBERECHTS (JEAN)

1627-1703

88 — *Le Marchand de moules.*

Toile. Haut., 48 cent. 1/2; larg., 40 cent.

SNYDERS (École de)

89 — *La Chasse au sanglier.*

Au centre, le sanglier traqué par la meute se défend
de son mieux ; des chiens blessés roulent à terre.

Toile. Haut., 1 m. 60 cent.; larg., 2 m. 27 cent.

TENIERS (D'après DAVID)

90 — *La Petite Ferme.*

Panneau. Haut., 50 cent.; larg., 70 cent.

TENIERS (École de D.)

91 — *Le Village dans la montagne.*

Panneau. Haut., 18 cent.; larg., 15 cent.

TOURNIÈRES (LEVRAC-ROBERT)

92 — *Portrait du Comte de Chambord.*

La tête de face, légèrement à droite, encadrée d'une
haute perruque à longues boucles retombant sur les
épaules ; il est enveloppé dans un manteau de velours
rouge à larges plis et doublé de brocart d'or et d'ara-
besques.

Toile. Haut., 92 cent.; larg., 73 cent.

Cadre Louis XIV en bois sculpté et doré.

TROY (École de J. F. DE)

93 — *Portrait de J. F. de Troy, peintre du roi.*

Vu de profil à droite, la tête presque de face.

Pastel. Haut., 53 cent.; larg., 39 cent.

VAN DER NEER (Genre de)

94 — *Lever de lune sur le bord de la rivière.*

Panneau. Haut., 27 cent.; larg., 38 cent.

VAN LOO (École de CARLE)

95 — *La Chiromancienne.*

La jeune femme, en coquets atours, est assise dans un large fauteuil; l'œil sceptique, elle lève sa main, la paume ouverte, à la chiromancienne qui va lui annoncer des choses graves. Cette commère, en son costume de pèlerin, a un petit air de devancer le destin, qui l'enveloppe d'un vague mystère.

Toile de forme ovale. Haut., 33 cent.; larg., 25 cent.

VAN LOO

96 — *Le Dernier Entretien.*

Toile de forme ovale. Haut., 29 cent.; larg., 24 cent.

VAN DE VELDE (ADRIAEN)

97 — *Pêcheurs sur la plage, à marée basse.*

Panneau. Haut., 17 cent.; larg., 22 cent.

VINCKEBOONS (David)

1578-1629

98 — *Une Fête dans un parc.*

Dans les parterres d'un parc, près d'un château, la fête est à son plein. Des seigneurs, des dames de qualité et des enfants dansent, jouent, causent ou se promènent, tandis que des musiciens, groupés et isolés, sérénadent sur leurs instruments autour des tables des joyeux viveurs.

Toile. Haut., 51 cent.; larg , 67 cent.

Cadre Louis XIV en bois sculpté.

VLIEGER (Simon de)

1612

99 — *L'Épave.*

La tempête a sévi, et voici que le flot furieux vient de rejeter sur la plage le cadavre d'un des pêcheurs ; des hommes se précipitent, tandis que, hissés sur une barque, d'autres pêcheurs essaient de se tirer du péril. Au fond, on aperçoit la mâture d'une goélette.

Signé à droite en bas sur un baliveau : *J. de Vleger. 1630.*

Panneau. Haut.. 35 cent.; larg., 56 cent

WATTEAU (Genre d'Antoine)

100 — *Arlequin et Colombine.*

Panneau de forme ovale. Haut., 19 cent.; larg., 15 cent. 1/2.

WYNANTS (École de Jean)

1625-1682

101 — *La Ferme à l'entrée de la forêt.*

Panneau. Haut., 27 cent.; larg., 35 cent.

GRAVURES EN COULEURS

102 — *Portrait du Premier Consul. Revue du Quintidi*, d'après **Boilly**.

> Épreuve en couleurs. Marge rognée.

103 — *Portrait de Pie VII*, **Souverain Pontife**, d'après **Wicar**.

> Épreuve en couleurs avec marge.

PORCELAINES, FAIENCES

104 — Paire de petits cache-pot en ancienne porcelaine de Paris ; décor à semis de fleurs disposé en losanges et rehauts d'or ; médaillons avec chiffres en roses et myosotis surmontés d'une couronne de roses ; anses formées par des coquilles. Sur le piédouche de l'un d'eux, inscription : *Madame la comtesse du Nord*.

105 — Ecuelle à anses avec couvercle et plateau en porcelaine de Paris ; décor d'ornements dorés sur fond gros bleu.

106 — Cassolette de forme ovoïde en ancien émail ; décor à bouquets de fleurs sur fond blanc.

107 — Tasse et soucoupe en ancienne porcelaine de Saxe ; décor à bouquets de fleurs sur fond blanc dans des réserves ; fond aubergine clair.

108 — Lot de bols, tasses, soucoupes et présentoirs en ancienne porcelaine de la Chine. (Sera divisé.)

109 — Trois théières en ancienne porcelaine de l'Inde et de la Chine.

110 — Rafraîchissoir en ancienne faïence de Savone ; décor bleu sur blanc.

111 — Tasse en ancienne porcelaine décorée de Paris.

112 — Garniture de trois cornets et trois potiches en ancienne porcelaine de la Chine, famille rose.

PENDULES, BRONZES

ET DIVERS

113 — Pendule avec sa console d'applique en marqueterie de cuivre et d'écaille. Epoque Louis XIV.

114 — Pendule d'applique et sa console en marqueterie de cuivre et d'écaille, ornée de bronzes dorés. Cadran signé *de Voisin, à Paris*. Epoque Louis XV.

115 — Pendule en bronze doré ; décor à rocailles et feuillages. Style **Louis XV**.

116 — Pendule d'époque Louis XVI en bronze doré et marbre blanc : sujet à pagode et Chinois, inspiré de Lepaince.

117 — Cartel en bronze doré, en partie d'époque Louis XV : sujet d'amours soutenant des guirlandes fleuries, au milieu de rayons, pampres de vignes et rocailles.

118 — Paire de flambeaux en bronze ciselé, d'époque **Louis XVI**.

119 — Paire de candélabres en bronze doré, de style **Louis XV**.

120 — Lanterne d'antichambre en bronze doré, de style **Louis XVI**.

121 — Encrier en marbre et bronze, de style Ier Empire.

122 — Miroir chinois en bronze gravé et argenté ; pied en bois sculpté.

123 — Buste en marbre blanc : Odalisque.

124 — Ancien coffret à bijoux en cuir, avec dorures au fer ; décor à fleurs de lys.

125 — Grand cadre en bois noir sculpté et mouluré, d'époque **Louis XIII**, contenant une glace biseautée.

Ouverture : Haut., 72 cent.; larg., 51 cent.

MEUBLES ET SIÈGES

126 — Grand meuble-bahut, à trois vantaux et trois portes dans le bas, en noyer ciré et sculpté. **En** partie du xvi° siècle.

127 — Secrétaire à abattant en marqueterie de bois rose, à pans coupés. Dessus en marbre. Époque Louis XV.

128 — Bureau à abattant en bois de rose et bois de violette, orné de bronzes dorés. **Style** Louis XV.

129 — Commode Louis XV, de forme contournée, à deux tiroirs, en bois de rose et marqueterie de bois debout, ornée de bronzes dorés. Dessus en marbre rouge.

130 — Meuble à hauteur d'appui, de forme bombée, à deux tiroirs et deux portes dans le bas, en bois rose et palissandre, orné de bronzes dorés. Dessus de marbre. Style Louis XV.

131 — Meuble bas en noyer, à filets noirs, s'ouvrant à deux portes, avec tiroir dans le socle.

132 — Console de forme demi-lune en bois sculpté et doré. Dessus en marbre blanc. Style Louis XV.

133 — Petit meuble d'appui en noyer sculpté, s'ouvrant à deux portes, figurant des portiques. xviie siècle.

134 — Coffre en bois sculpté.

135 — Deux consoles Louis XVI en acajou, à filets de cuivre et galeries.

136 — Banquette en bois sculpté Louis XIV, recouverte en broderie au point de Hongrie.

137 — Ecran avec feuille en ancienne tapisserie au petit point.

138 — Ecran en marqueterie de bois de placage, avec tablette à écrire et bougeoir. xviiie siècle.

139 — Table à jeux en marqueterie de cuivre sur écaille.

140 — Canapé en bois doré, de style Louis XVI, couvert en soie brochée verte à fleurs.

141 — Deux bergères en bois doré, de style Louis XVI, couvertes en soie brochée verte à fleurs.

142 — Petit fauteuil bas capitonné, couvert en soie brochée gris bleu.

143 — Six chaises hollandaises en noyer. Époque Louis XV.

144 — Deux petites marquises en bois sculpté, d'époque Louis XV, couvertes en étoffe brochée à fleurs; fond rouge.

145 — Meuble de salon, recouvert en tapisserie d'Aubusson, à décor de bouquets de fleurs et rinceaux enguirlandés sur fond blanc, contre-fond vert d'eau; bois noir de style Louis XV. Il est composé d'un canapé, quatre fauteuils et quatre chaises.

146 — Deux cantonnières en tapisserie d'Aubusson, même décor que le meuble précédent.

Dimensions : Haut., 3 mètres.

ÉTOFFES, TENTURES

TAPIS

147 — Quatre bandeaux de baldaquin en ancienne broderie de soie sur fond de soie jaune, présentant un décor d'oiseaux et de rinceaux feuillagés et fleuris. XVIIe siècle. Frange dans le bas.

Larg., 2 m. 15 cent.; haut., 70 cent.

148 — Deux bandeaux en ancien damas rouge, avec applications de broderies anciennes; décor à rinceaux, cornes d'abondances et aigle royal dans un écusson à fond bleu. Frange dans le bas.

Larg., 2 m. 30 cent.; haut., 60 cent.

149 — Grand lambrequin en ancienne broderie, fond blanc, découpée et appliquée sur fond rouge.

Larg., 5 m. 30 cent.; haut., 40 cent.

150 — Tapis de table en ancienne broderie; décor à oiseaux et fleurs sur fond blanc.

151 — Tapis de table en soie verte, avec anciennes broderies d'application.

152 — Carpette en moquette orientale, à dessins polychrome sur fond rouge.

Long. env., 4 m. 85 cent.; larg. env., 4 mètres.

153 — Objets omis.

RED. :

21

graphicom

MIRE ISO N° 1
NF Z 43-037
AFNOR
Cedex 7 · 92080 PARIS LA DÉFENSE

BIBLIOTHEQUE NATIONALE DE FRANCE

****

CHATEAU DE SABLE

1996